KB129707

아버지 그곳은 편안하신지요?

아버지
그곳은 편안하신지요?

아버지
그곳은 편안하신지요?

갑작스러운 내 아버지의 빈자리

몇 년인지 기억도 안 나는

어느 한여름의 어느 날

내 아버지는 그토록 딸네 집에서는

주무시지도 않는 분께서

우리 집에서,

그러니까 강원도 두촌면 철정리에서

일주일을 지내시면서

오이가 한창 수확 중이어서

일손이 부족했던

일을 도와주셨다.

아버지께 죄송한 일이 일어나고 말았다.

힘이 드셨는지 늦게 돌아온 남편에게

소주 한잔하자는

내 아버지의 말씀을 무시하고 누워서

생각이 없다는 건방진

남편의 성의 없는 대답에도 불구하고

아버지는 다시 한번

남편에게 소주 한잔하자고

말씀하셨지만

남편은 끝까지 거절을 하였다.

그 일이 있은 며칠 후 아버지께서는

집에 가시겠다고 하셨고

남편은 바쁘다면서 카드를 주면서

비밀번호도 알려주지 않고

아버님 용돈을 드리라고 말했다.

나는 내심 서운했다.

카드 비밀번호도 알려주지 않고 아버지

용돈을 드리라고 말했다.

기껏해야 술 마시러 나갈 거면서

바쁘다는 핑계를 대는

남편이 정말로 미웠다.

그래서 큰아들을 업고서 아버지를

터미널까지 모셔다드릴 테니까

카드 비밀번호를 알려 달라고 하니까 알려 주었다.

홍천 버스 터미널 앞

현금인출기에서 돈을 뽑으려 했지만,

세 번을 시도해도 현금은 나오지 않았다.

비밀번호가 세 번 오류가 나면 은행에 가서

카드를 재발급받아야 한다는 사실을 알고 있기에

남편에게 전화를 했으나 받지를 않았다.

그런 나의 모습을 지켜보시던 아버지께서

그냥 두라고 하시면서

아버지는 집에 간다고 말씀하셨다.

나는 쥐구멍이라도 있으면 들어가고 싶었다.

얼굴이 화끈거리고 죄송한 마음뿐이었다.

그 일이 있은 지 얼마 지나지 않아서

내 아버지는 쓰러지셨고

병원에서 뇌수술을 받으셨다.

심각한 상황이었는지 형제자매들을

다 모이라고 병원에서 연락이 왔고

수술 후에 이상이 있어도

이의를 제기하지 않겠다는

내용의 서류에 서명을 했던 것으로 기억된다.

아버지가 회복되시기를 간절히 바랐지만

아버지께서는 집에 가시고 싶다는

말씀을 여러 번 하시고는

끝내 일어나지 못하셨다.

돌아가시기 며칠 전 철정 집 안방에

새빨간 이불을 덮으시고 태양 같은

얼굴로 누워 계셨다.

아마도 당신의 몸이 아프신 것을 내게 미리

알려 주신 것 같았다.

나는 왜 눈치채지 못했을까?

나중에 엄마에게 전해 들었다.

아버지께서 돌아가셨다는 사실을….

아이들을 데리고 남편과 장례식장에 도착했다.

아버지의 영정 사진을 보았지만

도저히 믿어지지 않았다.

막내아들이 할아버지 나 왔다요

할아버지 어디 계시냐요 하면서

제단 뒤로 돌아가서까지

아무리 할아버지를 찾았지만

내 아버지이자 내 아들의 할아버지는

끝끝내 나타나지 않으셨다.

내 마음도 내 아들과 마찬가지였던 걸로 기억된다.

내가 아버지를 부르면 거짓말처럼

내 아버지가 내 앞에 웃으시면서

나타나실 것만 같았다.

사람이라는 게 참으로 간사한 것만 같다.

아버지가 안 계신 것은 슬픈데도

눈물 한 방울 나지도 않을뿐더러

때가 되면 밥을 꼬박꼬박 챙겨 먹었다.

그것도 아주 맛있게 말이다.

삼 일이라는 시간이 그렇게 짧은 줄은 몰랐다.

아버지께 마지막 인사를 드리는 순간에도

나는 눈물이 거의 나지 않았다.

나는 아마도 불효녀인가보다.

그러나

내 마음 한편에는 내 아버지께서

이 세상에 안 계신다는 사실을

인정하기 싫었던 것 같았다.

그렇게 슬픈데 하나도 슬프지 않은 양

이틀 밤을 보내고

내 아버지께 마지막 인사를 올렸다.

그때 엄마가 울음을 터트리셨다.

남동생이 부축을 하며 달래 보았으나

엄마의 오열은 오랫동안 이어졌다.

운구차에 아버지를 모시는 것이

그렇게 싫을 수가 없었다.

얼마나 답답하실까 싶어서 말이다.

화장터로 출발하기 전 노제를 지냈는데

그때는 몰랐다.

아버지께 노잣돈을 드렸어야 한다는 사실을….

그 사실을 깨달았을 때는

희성이 오빠가 운전을 하고 애들 아빠가

내 아버지 영정 사진을 모시고

운구차 앞에서 동암역 굴다리를 지나쳐서

내 아버지의 집을 무심히 지나쳐서

갈 때쯤이었다.

내 아버지께서 생전에 그렇게도

가시고 싶어 하셨다던

집에 들러서 가기로 했는데

내 아버지 집을 지나쳐서 가고 있는 것이 아닌가?

그 순간 나는 당황을 했고

그때서야 노제 지낼 때에

내 아버지 그 먼 길 가시는 길에

차도 한잔 마시고 요기라도 하시라고

용돈을 챙겨드리지 못한 사실을

뼈저리게 후회했다.

물론 운구차 기사님의 담뱃값도….

때늦은 후회를 하면서 화장터에 도착을 했고

내 아버지의 시신은 한 시간쯤 지나서

한 줌의 재로 남겨졌다.

그렇게 싫을 수가 없었다.

그 짧은 순간에도 남편은 술을 마셨고

장례식 내내 또 술을 마셨다.

그 사실이 중요한 것이 아니라

문제는 내게 있었다.

나는 내 아버지께서 돌아가신 날이

기억나지 않았다.

아버지 삼우제를 지내고 오고 싶었으나

엄마가 농사철인데

빨리 가 보라고 하셨다.

웬일인지 서운한 표정과 당황한 얼굴로

남편은 내키지 않은 발걸음으로

홍천 집으로 돌아왔을 때

우리는 놀라서 뒤로 자빠질뻔했다.

오이 농사가 엉망진창이었다.

남편이 옆집 형님께 맡겼는데

절반은 폐기 처분해야 할 지경이었다.

하루 일당을 십만 원인가

십오만 원을 주기로 했단다.

나는 일당도 아까운데 십만 원만 주라고

강력하게 주장했지만

남편은 내 말을 무시했다.

마치 내 아버지 살아생전에

소주 한잔하시자던 말씀을

무시할 때처럼 똑같이….

그렇게 또다시 매일매일이

평소와 다름없이 흘러갔다.

남편은 처음 만났을 때와 마찬가지로 습관적으로

음주운전을 밥 먹듯이 하였다.

시골에서 농사를 지어서

오백만 원의 벌금은 살림살이가 휘청였다.

나중에는 벌금 낼 돈이 없자

견디다 못한 남편은

부모님과 말다툼을 하여서

아버님 명의의 땅을 팔아서 벌금을 냈으며

남은 돈으로는 빚을 갚은 걸로 기억한다.

그 일이 있은 후로

큰형하고 남편 의사와는 상관없이

의절하게 되었다.

이제 남편의 이야기는 이쯤에서 정리해야겠다.

내 아버지께서 돌아가신 후에 나는 약 4년간

밤낮을 가리지 않고 내 아버지가 보고 싶어서

얼마나 슬프게 울었는지 모른다.

눈물샘이 구멍이 났는지

내 눈물은 마르지도 않았다.

얼마나 울었을까 어느 늦가을쯤인가

남편과 아이들과 외출을 하는 길에

남편이 웬 까마귀가 저렇게 많냐면서

재수 없다고 창문을 내리고 침을 뱉었다.

그러길래 궁금해서 창문 밖을 내다보니

신기하게도 우리 논과 밭을 온통 까만색으로

빼곡하게 까마귀가 앉아있었다.

논과 밭은 그야말로 까만색이었다.

그때는 몰랐다.

불교에서는 까마귀가

부모 공경의 의미가 있는 줄….

어디선가 전해 들어서 알게 된 이야기다.

그러는 사이 남편은

그 습관처럼 하던 음주운전으로

본인 의사와는 관계없이

먼 여행을 떠나게 되었다.

그 무렵 나는 교통사고가 나서

어쩔 수 없이 아이들을

엄마에게 맡기게 되었다.

나는 병원에 입원을 하였다.

그렇게 며칠이 지났을까,

엄마는 더 이상 애들을 봐줄 수가

없다고 하였다.

하루 종일 비가 내리는 여름날

아이들을 병실에 데려다주고

쿨하게 돌아갔다.

나는 고민에 빠졌다.

아이들에게 과자를 사 주었다.

큰 녀석은 과자를 맛있게 먹으면서

걱정이 하나도 없는 얼굴로 재미있게 놀았다.

하지만 작은아들은 자신의 앞날을 예견했는지

좋아하는 과자도 먹지도 않았으며

그야말로 나이에 맞지 않게

점잖게 앉아 있었다.

그러면서 형의 천진난만한 모습을

조심스럽게 지켜보았다.

나는 병실에서 아이들과 지낼 수 없기에

고민 끝에 보육원에 아이들을 맡기게 되었다.

아이들을 데리러 온 선생이라는 분에게

오만 원을 건네면서

아이들 운동화를 사 주라고 부탁을 하였다.

나중에 큰아들에게 듣기로는

운동화는 사 주지 않은 걸로 기억된다.

얼마간의 병원 생활을 끝내고

어느 날인가 문득

나는 부산에 있는 범어사에

가고 싶은 생각이 들었다.

나는 그길로 무작정 택시를 타고

범어사로 출발을 하였다.

부산으로 향하는 택시의 차창 밖으로

보이는 풍경은 믿기지 않았다.

파란 하늘에 온통

구름이 한가득하였는데

그 모습 하나하나가

부처님 같기도 했으며

십이지신이 보이기도 했다.

범어사 옆 청련암에 도착해서

깜짝 놀라고 말았다.

택시를 타고 오면서 보았던

수많은 구름의 모습들이

실제로 그곳에 있었다.

나는 그곳에서 한참을 서성였다.

청련암을 한참을 맴돌고서야

나는 대웅전으로 발길을 돌렸다.

생각지도 않게 그곳에서 나는

백일동안 하루도 빠지지 않고

새벽 3시 30분 오전 10시는 대웅전에서

오후 2시는 설법전에서

돌아가신 영가를 위해서,

다시 말하면 내 아버지께

안녕히 조심히 가시라는 인사를

간절히 빌고 또 빌었다.

저녁 7시에는 대웅전에서

부처님께 예불을 드렸다.

그렇게 백 일이라는 날들을 보내는 동안

어느 날인가 갑자기

노래방에 가고 싶다는 생각이 들었다.

그길로 금정산을 내려갔고

전에 한 번 들렀던 노래방에 갔다.

처음 마음과는 다르게 피곤함이 몰려왔고

노래방 주인에게

잠깐 쉬어 가겠다고 말하니

흔쾌히 그러시라고 허락해 주었다.

얼마나 시간이 흘렀을까

노래방 주인이 불편하시더라도

주무시고 가시라고 말하는 것이었다.

나는 피곤하기도 하고 그러겠다고 말하고는

내 집 안방인 양 노래방 소파에서

세상 모르게 잠을 잤다.

얼마의 시간이 흘렀을까

주인이 나를 깨웠고

절에 가시지 않겠냐며

조심스럽게 묻는 것이었다.

나는 평소에 잘 가지 않던 청련암에 도착하였다.

내 짐가방을 어쩌면 좋을까 고민을 하자

노래방 주인이 저녁에 들러서

가져가시라고 하였다.

그래서 저녁에 찾으러 가기로 하고

뒤돌아서 청련암 계단을 올라가는데

정말로 진귀한 풍경이 펼쳐졌다.

갑자기 하늘을 쳐다보고 싶은 마음에

고개를 들어서 하늘을 보았는데

입이 쩍 벌어진 놀라운 장관이

내 눈앞에 펼쳐졌다.

견우와 직녀가 만날 때 오작교가 나타났다는데

그 일이 현실로 내 눈앞에 펼쳐졌다.

까치와 까마귀가 열 마리가 넘을까

꼭 반반씩 빼곡하게 청련암을 향하는 계단에서

산 너머까지 장관을 펼치며 이어졌다.

내가 그 위를 걸어가면 내 아버지를

안전하고 무사히 만날 수 있을 것만 같았다.

그길로 나는 발걸음을 옮겨

대웅전으로 향했고

새벽 예불을 올리고

아침 공양을 마치고 잠깐 쉬었다가

다시 청련암을 향해서 갔다.

언덕을 오를 때에 며칠 전

어느 보살님이 무심코 했던

영가님이 극락세계에 잘 가시면

범선을 타고 가신다는 말이 떠올랐다.

그때에는

흘려버렸었는데

나는 실로 놀라운 경험을 하게 되었다.

청련암에 도착했을 때에는

예불이 시작되고 있었는데

나는 왜 그런지

아버지께 열심히 온 마음을

다해서 마지막 인사를 드렸다.

정말 간절한 마음으로 지극정성으로

아버지께 마지막 인사를 올렸다.

앞으로 열심히 살 테니

제 걱정일랑 마시고

안녕히 조심해서 마음 편히 가시라고

간절한 마음으로 빌고 또 빌었다.

그 시간이 천도재인지도 모른 채 말이다.

그렇게 아버지께 마지막 인사를

드리고 있을 때 어느 순간

내 몸이 자석에 이끌리듯 벌떡 일어나서

밖으로 나가게 되었고 자동으로

멈추었을 때에

고개가 저절로 하늘로 향했고

그 순간 나는 나의 눈을 의심하였다.

아주아주 커다란 금빛 범선을 타신

내 아버지께서 금빛 옷을 입으시고

활짝 웃으시면서

내게 손을 흔들어 주셨다.

나는 안녕히 가시라는 말도

고개를 숙이지도 못하고

그저 멍하니 바라볼 뿐이었다.

그렇게 내 아버지께서 떠나가시고

법당으로 들어왔을 때 지금에서 생각하면

그 두 번째로 훌륭한 천도재를 올려 주신 스님께

감사의 인사를 드리지 못해서

죄송스러운 마음이다.

지금 생각해 보면

부산 금정산에서의

노숙 생활은 쉽지만은 않았다.

어느 날인가 꾀가 나서 가지 않으려고 하면

예불 시간이 되어갈 때쯤이면

내 몸이 아프기 시작했다.

몸이 아프거나 머리가 견디지 못하게 아파왔고

발이 퉁퉁 부어서 어찌할지 모를 때는

마음을 고쳐먹고

범어사로 발길을 옮기려는 순간이 오면

거짓말처럼 몸이 가벼워지면서

아픈 것이 사라졌다.

밤에는 금정산에서

커피를 파는 언니가 있었는데

그곳 나무로 된 소파에서 잠을 잤다.

어느 날인가는 한쪽 팔이 없는 보살님이

따듯한 이불을 가져다주어서

나는 가을밤의 한기를 피할 수 있었다.

가을의 어느 날인가

비가 내리는 날이 있었는데

커피 파는 언니가 소파에 나무 기둥을 만들고

비닐로 지붕을 만들어 주어서

비 오는 날 추운 가을밤을

운치 있게 보낼 수 있었다.

저녁 공양을 마치고 나면

저녁 6시가 되었다.

그리고 저녁 예불이 끝나고 나면 8시쯤인가?

금정산은 쌀쌀한 날씨에도

운동을 하러 오는 사람들이 많아서

일찍 잠을 잘 수도 없었지만 잠도 오지 않았다.

그럴 때면 출출할 때가 있었는데

범어사 입구에서 슈퍼를 하는 보살님이 계셨는데

사발면에 따듯한 물을 부어서 갖다주곤 하였다.

그것은 내게 있어서

천금을 주고도 살 수 없는 음식이었고

약이었고 추위를 녹여주는 소중한 것이었다.

고마운 것은 그뿐만이 아니었다.

커피를 파는 트럭이 있었는데 그 주인은 가끔

내가 좋아하는 커피를 한 잔씩 주고는 했다.

또한 새벽 예불을 마치고 내려오면

산을 내려가시는 어떤 보살님은

내게 돈이 필요할 것 같은 날이면

2,000원을 주고 가는 것이었다.

지금 생각하면 신기하게도 그것은

천금과도 같이 쓰이는 때가 있었다.

내 아버지 가시는 날에

노잣돈을 드릴 수 있었다.

100일간 노숙을 하는 동안에

참으로 신기한 일들이 많았다.

목이 마르면 물이

햇볕이 뜨겁다고 생각하면

밀짚모자가 나의 것이 되어서

나는 목도 축이고

뜨거운 태양도 피할 수가 있었다.

또 어느 날

설법 전에 예불 시간도 아닐 때

문득 올라가고 싶어서

발길을 옮겼을 때

눈앞에 놀라운 광경이 펼쳐졌다.

설법전 앞에 이르렀을 때

하늘에는 그야말로 온갖 잡새가 날아들었다.

하늘을 빼곡히 날아든 새들은 장관을 연출했다.

마치 철정 논과 밭을 가득 메웠던 까마귀처럼…

순간 "부처님이다."라는 소리가 들렸다.

소리가 나는 곳을 내려다보니

어느 보살님이 새들을 바라보면서

행복한 표정으로 "부처님이다!" 하고

계속해서 소리치는 것이었다.

놀라운 일은 그뿐만이 아니었다.

절을 돌아다니면서

기도를 드리고 있다는 남자는

10시 예불을 마치고 대웅전을 나서기 전

스님께 웃으면서 많은 이야기를 하였다.

그러자 스님도 행복하게 웃으시는 것이었다.

어느 날 우연히 금정산에서 그 남자를 만났는데

통도사로 간다면서 보살님을 보면은

금강경이 떠오른다면서

시간이 되면은 내게 모두 다

알려주고 싶다고 하였다.

사실은 그 남자는 기억이 안 나는지

아니면 모른 척하는 건지 모르겠다.

전에 내게 금강경을 설명해 준 적이

여러 번 있었다.

내가 그런 생각을 하고 있을 때

갑자기 그 남자가

보살님께 절을 올리고 싶다면서

내가 싫다고 하는데도

많은 사람들이 오가는 길목에서

내게 공손하게 정성을 다해서

큰절을 하는 것이 아닌가?

그리고는 고개를 숙여서

내게 인사를 하고 웃으면서 가는 것이었다.

신기한 일은 또 있었다.

점심 공양을 마치고 그늘에서 쉬고 있을 때

한 청년이 내게 말을 걸어왔다.

오토바이를 타고 가자고 하는 것이었다.

내가 싫다고 하자

안전하게 모시겠다고 말했다.

미심쩍었지만 잠깐 바람 좀

쏘이고 오면 되겠지 하는 마음으로

오토바이를 타고 내려가니까

주차장 끝에서 행색이 초라한

스님이 열심히 목탁을 치면서 염불을 하고 계셨다.

내가 멈추라고 말했지만

오토바이는 오히려 속도를 내었다.

내가 큰소리를 치니까 오토바이가 멈추었다.

나는 곧바로 스님께 달려갔다.

도대체 여기서 무얼 하고 계시냐고 하였더니

고개를 숙이면서 절을 향하여 가라는 듯

간절한 눈빛으로 나를 바라보는 것이었다.

순간 정신을 차린 나는

범어사로 발걸음을 돌렸다.

이제야 생각하면

그 스님이 정말로 고맙게 생각된다.

또 신기한 경험을 했던 것이 떠올랐다.

대웅전 옆에 천막이 있길래

가는 도중에 목탁이 놓여 있는 것이 아닌가.

나는 아주 조용히 목탁을 두들겨 보았다.

스님처럼 힘찬 소리는 아니었으나

내가 들어도 나쁘지 않았다.

정신을 차리고 목탁을 제자리에 내려놓았다.

그리고 천막 안으로 들어가서 둘러보다가

이상한 것을 발견하였다.

천막을 지탱해 주는 곳에

똑같이 돼지 발바닥 모양이 보였다.

그 순간 나는 나도 모르게 춤을 추기 시작했다.

마치 리모컨이 나를 조종하는지

나의 몸은 자유자재로 움직였고 가벼웠다.

이 세상 어떤 발레리나가 와도

흉내도 내지 못할 정도로 내 몸은

빠르게 회전을 끝없이 반복해서 하였다.

만일 누가 봤다면

기립박수를 보내지 않았을까 싶다.

또 어느 날인가 이름 모를 무덤가에서

나의 몸은 활처럼 휘었으며

그야말로 자유자재로 움직였다.

그 순간

누군가 나를 촬영하고 있는 사람을 발견했지만,

그 후로도 오랫동안

나는 멈추지 않고 한 마리 새라도 된 양

우아한 몸짓을 계속해야만 했다.

마치 누군가 리모컨으로

나를 조종하는 것만 같았다.

또 다른 일도 기억이 나는데

예불이 시작하기 전이나

예불이 끝나고 시간이 날 때면

나는 하염없이 구름을 구경하곤 하였다.

그 모습은 하나같이 부처님의 모습을 하고 있었다.

인자하고 부드러운 미소를 띄고 계셨다.

마치 담배를 피우는 듯한 모습도 보였고

나를 따라서 대웅전에 들어왔다가

스님에게 발길질을 당하고 쫓겨난 강아지가

경비들에게 붙잡혀서 기둥에 묶여서

나를 하염없이 바라보던 녀석이

어느 날부터 보이지 않았는데

어느 순간 하늘에 떠다니는

구름의 한 조각으로 보여졌다.

미루어 짐작건대

아마도 경비들이

몹쓸 짓을 한 것만 같다.

그래도 다행인 것이

하늘에서는 녀석이

밝게 아주 해맑게 웃고 있었다.

아마도 아미타 부처님도 뵙고

내 아버지의 벗도 되어드리지 않았나 싶다.

그렇게 넋 놓고

구름을 보고 있을 때

어느 스님께서 구름 보는 것을

누가 알려 주었냐고 물으시기에

나는 조금의 망설임도 없이

아버지께서 알려 주셨다고 말씀드렸다.

그러자 스님이 내게 묻기를

아버님은 어디에 계시냐고 물었고

나는 무심코 계명봉에 계신다고 이야기했다.

그러니까 스님께서 편안히 계시라고

말씀드리라는 것이었다.

순간 나는 생각했다.

어찌 내 아버지께

그 말씀을 전하라는 것인가?

사실은 내 아버지께서는

내게 구름 보는 것을

알려 주신 적이 없었다.

어렸을 때부터 나는

친구들과 잔디밭에 누워서

하늘을 쳐다보면서 많은 이야기를 나누었는데

그 틈을 이용해서 나는 움직이는 구름을

바라보곤 하였다.

그때마다 새로운 모습으로 바뀌는

구름의 모습을 신기하게 생각하면서 말이다.

그렇게 하늘을 보면서

구름을 관찰했었기에

나는 내 아버지의 마지막 모습을

아쉽게 또는 죄송한 마음으로

감사한 마음으로

뵐 수가 있지 않았나 싶다.

어느 날인가 무척이나 배가 고파서

공양간을 찾았는데 이상하게도 공양간은

개미 한 마리 보이지 않았다.

생각해 보니 그날은 마침 내 생일이었다.

서운한 마음에 설법전에 올라가니까

그곳에 주지 스님이 계셨다.

나는 스님 오늘은 왜 아침을 안 주냐고 물으니

"밥을 달라고 하면 되지." 하는 것이었다.

그때 문득

일요법회 때 법문을 하시던

어느 대사님께서 당신이 계시는 곳을

생각나면 한 번쯤 찾아오라던 말씀이 떠올랐다.

기억을 더듬어서 가는데

버스비가 없어서 빵집에서 오백 원을

얻어서 우여곡절 끝에 어딘지도 모르는 곳에

도착을 했으나 스님은 뵙지 않고

법당으로 향했다.

부처님을 발견하고 그 앞에 엎드려서

소리 내어 울기 시작했다.

무엇이 그리 슬픈지 한참을 울고 나자

배가 고팠다.

때마침 그곳에 계시는 어느 보살님이

내게 공양하셨냐고 물었다.

나는 아니라고 대답을 하였고

보살님이 공양하시겠냐고 물었고

나는 그러겠다고 대답을 하였다.

절밥이 아닌 집밥처럼 한 상을 차려서 주었다.

내가 수저를 드는 순간

미역국 좋아하시냐고 물었고

나는 흔쾌히 먹겠다고 대답했다.

기다리시면 따듯하게 드리겠다고 말하고

미역국을 가져다주었다.

나는 어디에서도 받아보지 못한

생일상을 받아서 감사한 마음으로

배부른 아점을 아주 맛있게 먹었다.

그리고 나는 퉁퉁 부은 발을 이끌고

고맙게 내 생일상을 차려준 보살님께

내가 갚겠다는 약속은 못 하겠으니

2,000원만 달라고 하자 고맙게 내주었다.

그 돈을 가지고 어찌어찌 범어사로

돌아가는 길에

잠시 쉬어 가는 중에

행색이 초라한 스님이

내게 샘물이 말라서 어쩌면 좋으냐고 물으셨다.

그래서 내가 걱정 말라고

어젯밤에 샘을 깨끗이 청소했으니까

물이 나올 거라고 말씀드렸다.

사실은

전날 밤 꿈에

남편이 바위 꼭대기에 있는

샘을 청소하고 있었다.

그 무렵 범어사에는 마시는 물도

화장실 물도 끊겨서 그야말로 엉망이었다.

다급히 약수가 나오는 대웅전 앞마당으로

가 보니 소방관들이 굵은 호수를

들고 다니는 것이 아닌가?

내가 목이 말라서

바가지를 들이대자

물이 나와서 나는 마른 목을 축일 수가 있었다.

참으로 신기한 일이다.

어젯밤 꿈에서 샘을 청소한

남편의 모습이 떠올랐다.

그 후로도 수많은 일이 있었다.

아무튼 백 일째 되는 날 아침 예불시간에

예불이 끝나기도 전에 대웅전 밖으로 나온 나는

그동안 함께한 스님께 성불하시고

큰스님 되시라고 마지막 인사를 드리고

돌아서는 순간 스님이 고개를 돌려서

나를 바라보는 것이었다.

인사도 없이 나는 금정산을 내려왔고

화장실을 다녀오자

커피 언니가 평소에는 나를 미친년이라고 하더니만

야야 기복아 밥 먹고 집에 가라

이제 그만 강원도에 가라 하는 것이었다.

그러면서 김밥 두 줄과 생수 한 병을 주었다.

김밥 한 줄을 먹으니

더는 먹을 수가 없었다.

나는 고민이 되었다.

강원도로 돌아가기는 해야 되는데

나에게는 십 원짜리 동전 하나 없는 것이었다.

그 순간 낯선 아저씨가

“어서 가시지요.” 하는 것이었다.

내가 머뭇거리자 커피 언니가

빨리 가라는 것이었다.

그러자 그 낯선 아저씨가 택시 문을 열어주면서

“어서 타시지요. 강원도에 가셔야지요”

하는 것이었다.

아무튼 그 택시를 타고 사계절을 보면서

다섯 시간을 달려서

택시는 어두운 저녁이 되어서야

수타사에 도착을 하였다.

그 택시 기사는

대웅전으로 나를 안내했고

난로를 켜 주면서

부처님께 인사드리라고 했지만

내키지 않아서 싫다고 하였다.

그러자 전기와 불 단속을 마친 뒤

나를 감자바위 식당으로 안내했다.

그곳은 내가 한 달간

아이들과 함께 일했던 곳이다.

택시

언니는 묻지도 따지지도 않고

따듯한 밥상을 차려주었다.

나는 정신없이 맛있게 먹었다.

그러나 품위는 잃지 않았다.

내가 밥을 먹는 사이에 택시 기사는

아내에게 전화를 하면서

첫사랑을 만나서 강원도에 왔다면서

집에 가려면 기름값이 필요하다면서

십만 원을 보내라는 것이었다.

누구 마음대로 첫사랑이라는 표현을 하는

것인지 모르겠다.

그러고 보니

부산에서 홍천으로 오는 택시에서

흥에 겨운 내가 못 하는 노래를 큰 소리로 부르자

답가를 들려 드리겠다면서

목련화를 성악가 뺨치는 실력으로 들려주었다.

아무튼 나에게는 동전 하나 받지 않고

건강하게 지내시라고 인사를 하고는

부산으로 돌아갔다.

범어사에서 백일을 지내는 동안

좋은 추억만 있었던 것은 아니다.

경비실에 가고 싶어서 갔을 때

미친년을 잡으라는 글귀가 보였는데

그 미친년이 바로 나였던 것이다.

어느 날은 설법전에 가려는데

경비가 나를 외진 곳으로 끌고 가더니

주변을 살피며 구타를 하는 것이었다.

도움을 청하고 싶었으나

그날따라 사람이 하나도 없었다.

이를 악물고 가까스로 그 자리를 피할 수 있었다.

또 하루는

깡패 같은 스님이 비탈길에서

나를 위험하게 밀면서 내쫓는 것이었다.

속도가 붙어서 넘어지면 큰일이

나고야 말 것만 같아서

스님을 마음에도 없는 소리로 달래고 어르면서

위험한 고비를 넘길 수 있었다.

어떤 날은

스님 같지도 않은 스님이

내가 설법전에서 마음에 들어오는 구절이 있어서

책을 가지고 다니면서 외우고

제자리에 가져다주려고 했는데

왜인지 모르겠지만 나의 가방을 빼앗아 뒤져서

책으로 머리를 무식하게 때리는 것이었다.

그러자 평상시에는 나를 괴롭히던 경비가

떨리는 목소리로 간절하게

스님을 말리는 것이었다.

두 스님들이 약속이라도 한 것처럼

계곡에 쥐도 새도 모르게

나를 파묻을 수도 있다면서 협박을 하였다.

그들은 지금쯤 스님을 때려치웠어야

마땅하다고 생각한다.

범어사에 간 지

얼마 지나지 않았을 때

공양을 마치고 난 후에

행색이 초라한 분께서 내게 커피 한잔을 권하면서

드시겠냐고 하는 것이었다.

그러면서 근사한 신사분이 부탁을 했다는 것이었다.

아마도 내가 마다할까 싶어서 그런 것 같았다.

그분과 친분이 생겼을 때

내가 대추 한 봉지를 선물했다.

어느 날인가

스님들이 단체로 나를

절에 올라가지 못하게 하는 것이 아닌가?

그러자 그분께서 대추를 뿌리면서

이 보살이 없으면 극락에 못 간다는 것이었다.

혼란한 틈을 타서 내게 올라가라는

눈짓을 하는 것이었다.

나는 미안했지만 무사하게

내가 원하는 곳으로 갈 수가 있었다.

아까는 정신이 없어서 몰랐는데

주지 스님도 그 자리에 있었나 보다.

비탈길을 두 분의 스님과 올라오고 있길래

합장을 하고 인사를 하니까

인사도 받지 않는 것이었다.

참으로 이해할 수가 없는 일이었다.

내가 곤란한 지경에 빠질 때면 도움을 주는 분들이

요소요소에서 나를 도와주곤 하였다.

어느 날인가 대웅전 옆 법당에 가 보니

거지꼴의 여자가 큰대자로 누워서

잠을 자고 있는 것이었다.

내가 여기가 어디라고

썩 꺼지지 못하겠냐고

큰소리를 치자

어김없이 경비가 달려왔고

경비보다 빠르게 학인 스님이

빛의 속도로 달려와서

나를 보호해 주었다.

학인 스님은 나를 만날 때면

무언가를 계산하면서

아직은 때가 안 됐다고

이야기를 하는 것이었다.

너무 이르다면서 혀를 차는 것이었다.

도대체 무슨 때를 말하는 것인지 모르겠다.

스트레스를 받을 때면

금정산 중턱에 위치한

노래방에서 한바탕 신나게

노래를 부르곤 하였다.

돌이켜 생각해 보면 참으로

많은 일들이 있었는데

기억하고 싶지 않은 순간들이 꽤나 많았다.

그럴 때마다

내게 노숙은 할 수 있겠냐며

때로는 찜질방에서 잘 수 있겠냐는 둥

엉뚱한 질문을 했던

처음으로 내 아버지 천도재를 지내 주셨던

스님이 떠오르곤 했다.

돌이켜 생각하면

모두가 하룻밤 꿈만 같다.

오랜 시간이 지나서 기억이 가물가물하지만

기회가 되면 또다시 추억해 보리라….

참 끝으로 여러분들은

비둘기가 어떻게 우는지 아시는지요?

아버지 그곳은 편안하신지요?

1판 1쇄 발행 2023년 8월 7일
지은이 송기복

교정 신선미 **편집** 양보람 **마케팅·지원** 김혜지
펴낸곳 (주)하움출판사 **펴낸이** 문현광

이메일 haum1000@naver.com **홈페이지** haum.kr
블로그 blog.naver.com/haum1000 **인스타** @haum1007

ISBN 979-11-6440-383-7(03810)

좋은 책을 만들겠습니다.
하움출판사는 독자 여러분의 의견에 항상 귀 기울이고 있습니다.
파본은 구입처에서 교환해 드립니다.